Labirintos da mente

Editora Appris Ltda.
1.ª Edição - Copyright© 2022 da autora
Direitos de Edição Reservados à Editora Appris Ltda.

Nenhuma parte desta obra poderá ser utilizada indevidamente, sem estar de acordo com a Lei nº 9.610/98. Se incorreções forem encontradas, serão de exclusiva responsabilidade de seus organizadores. Foi realizado o Depósito Legal na Fundação Biblioteca Nacional, de acordo com as Leis nºs 10.994, de 14/12/2004, e 12.192, de 14/01/2010.

Catalogação na Fonte
Elaborado por: Josefina A. S. Guedes
Bibliotecária CRB 9/870

S824l 2022	Stella_B Labirintos da mente / Stella_B. - 1. ed. - Curitiba : Appris, 2022. 57 p. ; 21 cm. ISBN 978-65-250-2739-5 1. Ficção brasileira. 2. Bissexualidade. 2. Feminismo. I. Título. CDD – 869.3

Appris
editora

Editora e Livraria Appris Ltda.
Av. Manoel Ribas, 2265 – Mercês
Curitiba/PR – CEP: 80810-002
Tel. (41) 3156 - 4731
www.editoraappris.com.br

Printed in Brazil
Impresso no Brasil

Stella_B

Labirintos da mente

FICHA TÉCNICA

EDITORIAL	Augusto V. de A. Coelho
	Marli Caetano
	Sara C. de Andrade Coelho
COMITÊ EDITORIAL	Andréa Barbosa Gouveia (UFPR)
	Jacques de Lima Ferreira (UP)
	Marilda Aparecida Behrens (PUCPR)
	Ana El Achkar (UNIVERSO/RJ)
	Conrado Moreira Mendes (PUC-MG)
	Eliete Correia dos Santos (UEPB)
	Fabiano Santos (UERJ/IESP)
	Francinete Fernandes de Sousa (UEPB)
	Francisco Carlos Duarte (PUCPR)
	Francisco de Assis (Fiam-Faam, SP, Brasil)
	Juliana Reichert Assunção Tonelli (UEL)
	Maria Aparecida Barbosa (USP)
	Maria Helena Zamora (PUC-Rio)
	Maria Margarida de Andrade (Umack)
	Roque Ismael da Costa Güllich (UFFS)
	Toni Reis (UFPR)
	Valdomiro de Oliveira (UFPR)
	Valério Brusamolin (IFPR)
ASSESSORIA EDITORIAL	Raquel Fuchs
REVISÃO	Tamires Cruz Machado
PRODUÇÃO EDITORIAL	Raquel Fuchs
DIAGRAMAÇÃO	Daniela Baumguertner
CAPA	Sheila Alves
REVISÃO DE PROVA	Bianca Silva Semeguini
COMUNICAÇÃO	Carlos Eduardo Pereira
	Karla Pipolo Olegário
LIVRARIAS E EVENTOS	Estevão Misael
GERÊNCIA DE FINANÇAS	Selma Maria Fernandes do Valle

A todos seres humanos que convivem com a depressão e com a ansiedade. Respirem... respirem com o diafragma.

Agradecimentos

Agradeço aos meus pais, pela vida que me foi dada. Agradeço à minha mãe novamente, por todo o apoio que recebi. Sou grata aos meus avós, tios e primos, por serem essa família tão amorosa que me rodeia. Gratidão aos meus amigos, amigas e amigues por tanto calor humano, experiências e aprendizados colhidos. Finalmente, agradeço mais uma vez à vida — hoje e sempre — pelos sonhos realizados. Assim é...

Eu canto porque o instante existe e porque minha vida está completa. Não sou alegre nem sou triste: sou poeta.

(Cecília Meirelles)

Sumário

In Memoriam 13
Contrastes 15
Reflexões, desabafos e uma porta de banheiro 17
Adolescência proibida 19
Sexo, orgasmos e mentiras 21
Carrapato 23
A Filha da Puta 25
Incertezas..27
Preces aos Esquecidos..29
O que nos disseram sobre a vida..................................31
Mãe Natureza 34
CPF empreendedor 35
Lua Cheia 37
Brasil...39
As faces do diabo 40
Espelho 42
Diário da quarentena 45
Declaração Universal da Liberdade e Expressão da Vida LGBTQIAP+ 48
Carta de amor... 50
Beija-flor do Oriente 52
Éden 56

In Memoriam

Há quatro noites eu sonho com a morte.
Morte estúpida e violenta!
Assisto aos crimes como expectadora impotente, porque 'sou uma buceta descartável' nesta vida abjeta.
Sim, eu me sinto vulnerável! Sinto-me sozinha!
Desperto assustada e me deparo acordada no pesadelo da vida real.
Os nomes?
Indigentes não têm nomes!
Visibilidade?
Privilégios no *cis*tema!...
Acordar pela manhã me condena a reviver as visões abstratas produzidas nesta mente
[entorpecida pelo sono fúnebre de almas (já (z) esquecidas?).
Acordar é viver essa caça às bruxas, pois meu pesadelo é o retrato nu da sociedade onde eu (ainda) vivo.
Posso recordar o cheiro de sangue e esgoto;
['uma vadia' destripada foi achada no Rio Belém.
Acordo!
A travesti adentrou à universidade, mas no corredor havia um banheiro...

Havia um banheiro naquele corredor e na sindicância seu nome não era Elis.
Acordo!
Uma prostituta cobrou seus serviços.
'O macho' saiu sem pagar.
A exclusão lhe custou a vida.
Acordo!
Há um toque de recolher na cidade dos patriarcas, mas os jornais têm cautela;
[os cúmplices exigem sigilo.
A culpa foi sempre delas; assim se lê nas entrelinhas!
De acordo?

Contrastes

São 07h45 de uma manhã fria, o céu está cinzento e o terno preto caminha às pressas, carregando sua pasta sobre calçadas nas quais ele sequer percebe as pinhas em mosaicos. Sua ânsia por tudo lhe tornou cheio de nada, engasgando-se no vazio de uma existência condenada. Um cobertor sujo e seus trapos ali sentados pedem-lhe uma moeda, mas o terno preto não fala com objetos descalços. A chuva cai, ele se abriga sob o guarda-chuva e, enquanto seu telefone toca com insistência, ele maldiz a sorte de quem tem o mundo pra carregar. Distraído em sua vida mesquinha, passou sem ouvir as vozes clamando o silêncio da ditadura, tampouco aquele cartaz na parede dizendo: "mesmo soFrida eu nunca me Kahlo".

Por volta do meio-dia, a mendicância salta aos olhos da academia. A sociedade, seu objeto de estudo, faz dela refém da teoria, enquanto a realidade ainda espera sua atenção sair do papel. As roupas da estação sorriem felizes no *outdoor* da esquina e aquelas da vitrine dividem a marquise com as demais que, sem teto, abrigam-se sob o céu sem sol desta cidade nublada.

Na avenida, os carros entrecortam a garoa noturna com seus faróis acesos; e o privilégio de quem se queixa do combustível contrasta-se com o ônibus lotado por aqueles que compartilham a essência miserável comum a todos os seres humanos: o suor que se acumula sobre a pele, o mau-hálito dos cigarros baratos, o mau cheiro daquele que ficou sem água e o vômito de quem bebeu tudo para esquecer essa merda. Sob as pálpebras cansadas, um olhar sem brilho encerra o dia daqueles que vivem e morrem sem quaisquer perspectivas.

2015

Reflexões, desabafos e uma porta de banheiro

Eu quero o que não devo e desejo o que não posso! E, nessa vida insana de saciar-me com os restos de uma alma vazia, procuro-me na sarjeta. Não raro, me encontro embriagada e perdida sobre a pia suja de um banheiro imundo, encarando num pedaço de espelho manchado o que ainda sobrou do meu eu. As mensagens deixadas naquela porta, tantas delas, são relatos de outras almas rasgadas que, assim como a minha, deixaram-se sufocar nas próprias expectativas. Sim! Eu bebi, eu fumei, eu meti o nariz onde não devia e transei com todos os mentirosos que olharam pra minha bunda. Eu descumpri minha palavra e agora, a ressaca, os cigarros e essa vida de sexo sujo me colocaram mais uma vez nesse lixo da psique humana em que minha mente ébria sufoca-se em devaneios perversos com aquela maldita pergunta: quem é você? Sinto enjoos e, em meio às frases riscadas na porta do banheiro, percebo a angústia daqueles que antes de mim se perderam nesse mesmo caminho. Eu vomito em um vaso cheio de merda e, encarando aquela sujeira, me vem à mente a clássica e célebre "do barro viemos e ao barro retornaremos"! Então era isso? Tudo se resume em merda? Sentada no chão e no mijo, eu repouso minha cabeça na pia enquanto a Jukebox, em uma outra dimensão no bar ao lado, toca um clássico progressivo que me faz repensar o sentido da vida. Percebo o quanto me conformei com minhas próprias misérias e vejo que me tornei numa sombra do que eu fui um dia. Não sei o que me mantém viva, não sei nem mesmo o que vim fazer aqui neste mundo, ora acordando na calçada, ora desmaiando bêbada em banheiros fedorentos. No fundo, eu sei que posso acabar sendo esse nada daquele tudo que, por medo e covardia, eu desisti de lutar. Vomito mais uma vez e me vem à mente o estilete no bolso da calça; eu bem que poderia terminar aquela angústia ali mesmo, talvez fosse pra ser assim! Sempre batendo em portas que não se abrem. Uma vida que podia ter sido brilhante terminando em desesperança. Sinto vontade de chorar com pena de mim e das minhas derrotas, sinto uma dor imensa pelos meus próprios fracassos, mas reflito por um só instante se é mesmo isso que eu quero. Com muito custo me levanto, me equilibro na mesma pia suja e lavo o vômito no cabelo. Diante do espelho manchado, encaro meus olhos e escuto minha mente novamente dizendo: quem é você? A pergunta dói, rasga, mas preciso respondê-la. É chegada a hora de fazer escolhas...

Adolescência proibida

Ao toque da pele, consigo sentir sua volúpia. Quando acontece, eu reconheço, pois sei bem o que é: sentir os teus lábios é ter dezesseis novamente, enquanto ardo em desejo a cada gota de insensatez. Seus dedos fazem o tempo parar e teu sorriso tímido, desviando os olhos, alimenta minha lascívia na medida em que nossos anseios rebeldes me fazem esquecer o passado e tudo parece novo; uma tela em branco onde eu posso desejar e fazer. Sob um olhar inocente, eu me despi confiante, mas teu calor dominou-me em libido quando sua língua descobriu meus segredos. Com voz suave, você envenenou meus sentidos, impregnou-me em luxúria; e eu, tão imperativa, tornei-me cativa, miando dócil, porque seu olhar é uma ordem e teu sabor é orgasmo. Mas, guiados por distopias, devoramos um ao outro ao exigir como hipócritas aquilo que tampouco existiu entre nós. Uma juventude esquecida em lembranças que adormecem são as marcas do pesar e lamento, uma vez que a ânsia pela felicidade que não carrego é como gestar nostalgias que irei enterrar. Contudo, nestes lençóis manchados, eu me esqueço perdida ao fundo dessas lembranças. Porque você se tornou minha única fonte, meu último refrão; e arder sozinha com saudades tem sido a melodia dessas tardes melancólicas que o vento não consegue varrer para longe das minhas memórias. Enquanto eu fumo as recordações que restaram, os teus olhos me preenchem de algo que nunca senti, mas o telefone não toca e as angústias de uma paixão não vivida se tornaram mentiras que eu conto para mim mesma nessa tentativa estúpida de saciar-me com ilusões.

    Sentenciada ao silêncio das horas, comprei alegrias em becos na escuridão; e as histórias que não existiram saem agora da minha boca como alguém que embriagou-se de mágoas e vomitou seus remorsos, pois meus olhos cansados ocultam uma alma doente que leu as dores do mundo por trás de sorrisos sem vida e semblantes sem luz. Reclusa dentro de mim, assisto ao meu rosto envelhecendo tão rápido quanto minha alma e o dia se encerrando em um pôr do sol que ninguém assistiu. Tudo se passou tão depressa que os engodos que eu criei por não entender o mistério das flores murcharam em mim o desejo de viver o momento; e pensar nisso agora transforma o que restou num ressentimento tolo, uma saudade sem eco e uma história que não merece ser contada.

    2016

Sexo, orgasmos e mentiras

Transar com você é como cheirar cocaína. Eu te procuro frustrada, você me preenche de ilusões e eu sempre termino amargando minhas dores atrás de um cigarro, enquanto meus olhos refletem as luzes da cidade nessa janela de motel. A agonia que sinto à procura de algo que não me preenche é uma busca eterna por um eu que também não existe, pois sei que meus vícios e minhas próprias misérias nasceram da ânsia de viver uma vida de desejos e utopias que minha mente atormentada preencheu com mentiras. Eu caminho sob o mesmo céu nublado, andando descalça em esquinas que não param de chover, enquanto meus olhos em neblina refletem a escuridão de pensamentos sem esperança. Sob os arranha-céus desta cidade, eu vejo um mundo que me desafia constantemente, mas sobreviver em meio à selva de pedra desfaleceu o meu sorriso. A indigência se acumula no informal e cada esquina deste lugar fede a fumaça e urina, pois o cheiro do esgoto no vale dos esquecidos é o estigma dos miseráveis condenados a viver sob a opressiva/expressiva essência humana. Todavia ando perdida, procurando por mim mesma, e trago em meus sentimentos uma podridão que, aos poucos, necrosa a alma. Estou transando com você, mas continuo preenchida de nada e, enquanto você suspira como um homem condenado, eu seguro minhas lágrimas para não me derramar sobre seu rosto;

meu choro é fome de respeito que sua libido não satisfaz. Meu vazio existencial grita inflamado enquanto escondo-me dos assobios atrás de fones que não protegem meus ouvidos, tampouco minha dignidade. Estou farta daqueles que julgam minhas dores fomentando culpas que não tive, pois, apontar dedos sujos para uma mulher violada é o veredicto dos cúmplices. Num mar de lágrimas e misérias, um soluço ausente entrecorta a madrugada dos invisíveis. Entre as ruínas do esquecimento o tempo se funde nas areias do infinito.

Carrapato

Era verão e eu esperei me sentir melhor naquele copo. Mas, quando voltei para casa, a alegria esvaeceu. Já era dia, não tinha pra onde fugir. Pelas calçadas, aos tropeços, a visão embaralhada tornou tudo ainda mais difícil. Eu dormia doze... quatorze horas, que não eram suficientes para esquecer o sabor do ócio forçado, enquanto pensava na infâmia dos meus contratos e nos privilégios de quem pode comer bem. Diante dos meus olhos, os projetos latentes de uma vida feliz se tornaram fantasias distantes e expectativas sem expressão. O café da tarde aos poucos foi excluído do orçamento, mas esconder a vergonha dos olhos alheios era dor ainda maior, mágoa que não se esquece tão fácil, desespero que se conta em prosa sórdida. O gramado sufocou-se entre o mato, a casa ruiu sem reparos, e as gotas no telhado repetidas vezes caíram sobre minha cabeça, enquanto o bolor acomodou-se em meus sapatos e em meu semblante. Chovia havia semanas. Domingos e segundas se mesclaram em uma sinfonia monótona tocada um dia após o outro, sobre sonhos distantes que morreram sufocados pela culpa de uma vida miserável e sem saída. Aos bicos e tropeços eu conduzia essa vida sem sabor, essa rotina insustentável. Pela manhã, quando as pálpebras se abriam, minha esperança jazia adormecida porque, sob o peso de existir, acumulei dias como poeira no remanso que cobre tudo com passado e esquecimento. Sem entender como afundava-me nesse fracasso, tentei transar com você para esquecer minhas misérias, mas o seu pau mole ganhando vida em mim sequer importou-se se conduzia-me ao êxtase ou ao tédio. Sexo não satisfez a ânsia pela vida que se perdeu entre os mesmos lençóis da cama na qual um dia eu sonhei. Sem salário desde o inverno, vivia às esquivas do aluguel, pois meu dinheiro não sustentava os indigentes daquela casa. A Maria foi minha confidente e a única companheira dessa mente inquieta enquanto eu carregava comigo um fardo de perfídias. Mas para quem eu confessaria meus detrimentos se sequer conseguia entrever os horizontes das minhas ruínas? Do lado de cá, uma cortina cinzenta encerrava os olhos de quem terminou renegada sob um teto de nobres cínicos.

Era abril — ainda me lembro —, acendi um *beck* e ouvi *jazz* divagando pela janela. Olhei novamente para o fundo do poço; lá eu estava. Andei cabisbaixa por tempo demais, a depressão fez morada e também fez-me esquecer quem eu era. Cansada de jantar migalhas e lavar a louça de estranhos, fugir foi minha última saída. Solta no mundo, sozinha e sem malas, descobri--me na autoestrada dos miseráveis e reencontrei minha coragem quando nada mais podia ser tirado. Quem diria?! Logo eu; dormindo ao lado de um carrapato. Fugitiva de um matrimônio imperfeito, ainda caminho em ruas escuras sob as sombras neoliberais, porém o vento gelado soprando o meu rosto varreu para longe os murmúrios e assovios daquela alvorada dos desertores. Talvez o travesseiro ainda traga as respostas para as perguntas que carrego, mas o cárcere da prisão sem muros se dissolveu em sonhos ruins há muito tempo esquecidos. E meu sorriso aflora agora, um tanto bobo, um quanto perdido, nos lábios que aos poucos reaprenderam a degustar o sabor de morangos. Eu escapei...

A Filha da Puta

Quem é essa mulher?
Quem é essa mulher de quem tão pouco se sabe, mas a quem tanto se julga?
De onde ela vem e para onde ela vai, além das esquinas nas quais permanece?
Com que quartos ela trabalha?
O que ela sente é mistério e o seu nome é segredo!
Dia e noite,
honrar o aluguel,
criar os filhos... os filhos da puta!
Sob o sol ou sob a chuva,
nas marquises da São Francisco, a fumaça na janela se mistura ao cinza cor de céu.
As senhoras do mundo, as filhas da luta,
as flores de lis e o estigma das boas moças que levantaram as pernas contra as ordens do
[senhor seu pai.
Mulheres da rua, mulheres da vida, mulheres...
A formalidade lhes nega cidadania; a social hipocrisia lhes sufoca com o véu da
[invisibilidade!
Mas ela resiste; ela persiste.

Profissão antiga, raiz forte!
A beleza cansada não desce do salto.
Quem realmente sabe o seu nome?!
Nesse ramo te chamam por Maria, mas também te chamaram de rameira!
Mulher cortejada e também cortesã.
Meritória e meretriz.
"Mulher perdida", mas sempre tão procurada.
— Ei, Bela da tarde!!!... A Dama da noite não era uma flor?
A flor da virgindade, quem conheceu suas pétalas?
Qual foi o passado dessa rosa? Haverá futuro?
Histórias rondam sua vida, mulher da vida,
porque teu fascínio atrai os olhares de quem mais te condena!
E assim, sem querer, você deixa um pouco de si em cada rua que passa,
pois, sem perceber, você a leva em bocados para dentro do teu mundo!
Mulher tão digna entre as mulheres, benditos sejam os frutos do vosso ventre!
Que tua coroa seja bela como a de Maria; que, antes de ti, fugiu grávida
e só não foi apedrejada porque seus pecados deram luz ao mundo
e do seu ventre cresceu a semente dos dissidentes!
Honrada sejas tu, Maria, minha Mãe!
Meu nome é estigma, eu nasci com essa marca.
Porque ser mulher é uma dádiva, uma puta resistência!

Incertezas...

Gostar da sua pele é anseio que se liquefaz na memória; é dor aguda que se desprende em suspiro; é lamento quieto e medroso arrancado do peito, porque, quando a tua porta se tranca, eu guardo no canto da boca a lembrança dos beijos que eu nunca roubei. Na lua das folhas que caem, despertei-me enquanto chovia lá fora e eis que, de tanto querer ou evocar, nos deparamos perdidos pelos labirintos do existir. O inverno passou e deixou a neve escorrer entre gotas, mas eu ainda não sei! Eu ainda não sei de nada! Atravesso a desconstrução como uma andorinha corajosa abraçando a primavera depois de anos em profundo sono, uma vez que o vento sopra em meu rosto e o frescor dos vinte e dois regressou no perfume que exala das primeiras flores. Danço ao ritmo do som que embala a alma... minha leitura é fácil, sou um coração expressivo, pois entre mortes e feridas conduzo a vida, através da montanha russa de nostalgias e contradições.

Contudo meus demônios me atormentam feito goteira sobre a chama e, enquanto a dor escorre pelos meus olhos, sinto o peito gritar em palpitações que não encontram respostas, porque minhas hipocrisias se aviltaram; e meu ego, tão cinza, fragmentou-se em mentiras. Sou herói sem caráter. Sou heroína sem rosto. Minhas culpas eu não confessei, porque temi os dissabores da sentença. Irei abrigar-me onde, se aquilo do qual tanto fujo está preso à minha mente? Após esses anos todos, ainda procuro por mim através dos espelhos da alma, mas só reencontro nestes olhos vazios respostas perdidas num quarto obscuro vagamente iluminado pelas projeções de um futuro que ainda não existiu. Apresentei-me à solitude e degustei a escuridão. Meu castelo de cartas e diplomas conta a história de quem nadou contra a correnteza e se viu cansada demais para seguir a revolução. Quem sou eu nesse roteiro de discursos e mentiras perante a bancada dos hipócritas? Diante de um passado concreto, olho para um futuro incerto sem papel e caneta a registra-lo.

    Feliz de você, que carrega essa inquietude dentro de si e questiona as verdades mais consolidadas. Sim! Você, que carrega o peito aflito por contradições que transcendem paradigmas e está além da história já contada. Quanto a mim, aqui estou, sentada na varanda dos lamentos, entediada com a mesma vida com que sonhei a vida toda, porque sei que me defronto com um tribunal de doutores sentindo as mesmas angústias de Lilith, engasgando-se com as mentiras que ainda nos mantém cativas. Nesse universo de conflitos, escondo minhas angústias atrás de um copo, enquanto o *blues* em minha mente ainda procura entender o que foi dito no silêncio dos teus olhos, perscrutando meus pensamentos e no suspiro que preenche com vazio a espera por alguém que não vai chegar.

Outubro de 2016

Preces aos Esquecidos

  Escrevo estas linhas com a mesma dor de quem ainda se agarra ao seu último sopro, pois à superfície do caos e no limiar da insanidade eu padeço, em semelhante desespero de quem se afoga em seu próprio mar de tragédias, enquanto minh'alma desfalece na angústia dos invisíveis e a morte sorri mais doce que a própria vida. Contudo ainda falo de minhas histórias sufocadas — engasgando-me nessas dores — para que es bissexuais de amanhã ecoem o grito silenciado em minha garganta. O dom da empatia se tornou a maldição que me exila entre os últimos a sentir as dores do mundo e, assim, prolongo dias que já perderam o sentido, porque quando escuto o relato das travestis percebo as cicatrizes e hipocrisias desse movimento que não representa identidades como as nossas. Quando seu pilar se corrói, seu porto seguro se transforma em caos. Lembro-me de quando você encontrou um baseado no meu bolso e me fez trocá-lo por tarjas pretas, porque o vício é lícito quando prescrito por doutores sem doutorado vislumbrados com seus jalecos. E assim, continuo eu: um galho doente e sem frutos na árvore dessa família que mal esconde a vergonha da sua prole de invertidos, estamos entendidos? O olhar de censura discrimina a liberdade que não cabe no conceito de mulher honesta. Sou a filha, a neta, a sobrinha vagabunda nos trajes indecentes de minha vida promíscua. Sou a puta desavergonhada que deixou o lar dos santos em busca do caminho mundano de falsas promessas, mas grito ao mundo o que sinto porque no meu peito a angústia de viver ainda existe e porque resisto a toda onda que me leva. Estou voando contra o vento... No entanto, caso a esperança se perca no horizonte nublado desse céu egoísta, deixo-vos meus fios de cabelos e, nesse ato de rebeldia, que alguém ainda possa sorrir e experimentar com plenitude a vida que eu mesma não consigo sentir. Quanto ao meu sangue: banhem seus rostos nele e sintam-no em vossas mãos, pois uma vida interrompida dessa forma é obra de quem foi suicidada pela mesma sociedade mesquinha, cinzenta e inoportuna que dirá, plena em seu cinismo carente de amor pelo próximo, que suas igrejas misóginas são a solução para todas as cores do mundo sem nem mesmo entender que seus plenários fascistas e tribunais patriarcais fizeram parte dos meus estupros. Num horizonte esquecido, o sol se põe pela última vez; sob o véu da indiferença Allepo permanece sitiada.

O que nos disseram sobre a vida

Disseram apenas como deveríamos ser, mas nunca disseram que poderíamos sonhar. Isso fizemos sozinhas, aos tropeços e engasgadas pela ânsia de respirar além de um mundo formatado em nosso silêncio. Queríamos mais! Viver e pensar eram nossa heresia; amar em tempos de ódio foi nossa sentença. Descobrimos com lágrimas que almas rebeldes pagam o preço da ousadia e que a vanguarda traz no peito as cicatrizes dos excêntricos, mas nós resistimos e resistindo falávamos para que nossas vozes não fossem caladas. Desejávamos mais que existências sufocadas ou histórias invisíveis e, em nossa autenticidade, reivindicamos o direito de gozar sem culpa e beijar sem medo. Coloriam-se poesias pelos muros cor de chumbo enquanto eu despejava em meus velhos cadernos relatos e sonhos etéreos aos livres corações do amanhã. Tínhamos muitas personalidades: algumas de sagitário e outras, de capricórnio. Mas, na lua cheia, todas eram uma só. Emergimos dos oceanos da mágoa, pois ascendemos aos degraus da vida pela escada dos insurgentes. A história nós construímos pela estrada dos rebeldes, nossas lágrimas foram memórias e a esperança, nosso horizonte. Transmutamos violência com empatia, censura com dissidência e em cada sorriso descobrimos nossa essência, florescendo e resistindo na mesma lápide das normas e condutas que nos ensinaram como decência. Vida e morte foi nosso conto, melodia e lamento. A subversão revelou as facetas ousadas das almas brilhantes e minha inclinação à nudez refletia um suspiro aflito sufocado desde a infância. Lembro-me bem como os sermões se assentaram sobre mim como manto de poeira. Primeiro o *soutien* — minha primeira mordaça —, meus *shorts* viraram calças, mas as violações continuaram. Ensinaram-me a ser virtuosa, guardar minha pureza e orar todas as noites. A liberdade foi-me ensinada como um pecado a ser evitado e os devassos que dela desfrutavam, como criaturas perdidas com as quais não deveríamos sentar à mesa. Patologizaram minha liberdade, enlouqueceram-me com normativas e atestaram em laudos meu parecer de independência. Eu duvidei de mim mesma e deitei-me muitas noites com meus olhos marejados no travesseiro da culpa, porque acreditei ter dado ouvidos à serpente. Sobre mim oraram e estenderam mãos imundas dizendo haver pecado em meus desejos e um demônio por detrás deles, mas o pecado estava nessas mentiras e o demônio me observava dos olhares maduros que ardiam em desejo por uma menina na puberdade.

 Todavia, descobrimos seus engodos e desafiamos as ordens que nos mantinham cativas. Despertei-me quando ouvi a voz em minha mente clamando por emancipação e entendi que a carne desejada pelo inferno a mim pertence. Não me contaram sobre o segredo, mas os meus dedos os descobriram. Nesse dia retiramos as correntes e pelas ruas marchamos aos gritos, aos berros, aos brados. Antes que o fascismo nos calasse, antes que a censura nos punisse e antes mesmo que a liberdade fosse arrancada de nossas e com nossas vidas. Insurgimos, resistimos e existimos em nossa alegria infame, para que histórias como essas nunca mais fossem contadas!

 Atentem-se! O golpe urge, mas contemplem o sol que se põe, a garoa que cai e o cheiro de terra molhada preenchendo tuas lembranças. Eu mesma faria a pergunta de um milhão de orgasmos, mas o brilho da lua não ilumina mentes pequenas.

Meu chá de hortelã descansa sobre a mesa, meu cachecol de lã foi presente de amor. Estou em paz comigo mesma. Sinto-me bem e, sob as luzes da cidade, o asfalto ainda úmido reflete minha serenidade nesta tarde de domingo, pois antes de deleitar-me com a noite, seu amor me reconhece e a mim ele vem voluntário. Beije-me ela com os lábios de sua boca, porque amar em pecado é a dádiva dos desobedientes. Alegrai-vos com tâmaras e confortai-vos com maças, pois a liberdade tem preço, mas um sabor inesquecível!

Mãe Natureza

Nando era um gato preto, e seu pelo lustroso como petróleo contrastava em seu olhar amarelo. Divertia-se com borboletas e brincava com passarinhos, pois tinha o talento dos predadores. Selvagem, como era, capturava roedores com a destreza e a confiança de quem bem conhece sua posição na hierarquia dos caçadores. Mas o gato tinha inimigos e, à sombra de um tronco caído, Nando encarou a morte, sangrando por longas horas em meio à clareira que se abria ao sol de primavera. Então luas cruzaram o céu e, em suas faces mutáveis, assistiram sem pressa o milagre da vida sobrepondo os traços da morte. Das costelas de Nando brotaram vermes que festejaram a fartura por dias em seu reinado de carne, até que um trovão distante se aproximou da mata e trouxe com ele a chuva que precipitou por semanas sobre seus restos mortais adornados com folhas que caíram e apodreceram junto ao tronco de sabugueiro, jazigo e sepulcro do gato preto. Então a chuva cessou, cogumelos cresceram e a tumba salpicou-se com beijinhos. Flores brancas e raminhos cresceram entre os olhinhos do pequeno crânio, que já não era mais Nando. No dossel brotaram orquídeas entre musgos e trepadeiras, enquanto a flora reinava no orvalho e sapinhos saltitavam por entre os charcos da floresta. Numa poça d'água, às margens do igarapé, uma sapinha admirava seu reflexo borrado pelos pingos de uma árvore chorona; a cobra num galho próximo também sorria aquela manhã!

CPF empreendedor

O mais duro golpe da vida eu tomei ao nascer. Nasci pobre e despida no açougue de humanos, onde a carne é cortada sem licença ou respeito e o tapa na bunda enfatiza-se, abrupto: a esteira tem pressa, "leva essa peça ao berçário". A engrenagem então cresce, cria dentes e seus curtos anos de vida útil são processados — incontáveis horas — entre outras pecinhas. No galpão solitário, o choro das horas é sufocado pela sirene de alarme, com educação opressiva e às continências no pátio. Ao canto do hino, às marchas dos obedientes; desertar é crime aos fanáticos nacionalistas. Nossa função social vem do seleto mercado e, nesse engenho de carne, exige-se tudo do que nunca se tem! "Peça sem experiência", "a peça não fala inglês", "a peça veio sem faculdade", "a peça não tem indicação", "peça desgastada pelo uso", "peça sem previdência social". A escravidão do salário não paga aluguel e mercado; e a intermitência da vida se faz entre água, luz e remédios. Você come o que tem, você veste o que dá e caminha a pé 6 km ou mais pra não gastar com busão. O telefone toca, mais um troco no mês, sem garantias estáveis, sem dignidade alguma. Dormir em paz tornou-se utopia de carteira assinada e o golpe de Estado precarizou nossas vidas. Eu sinto o ar gelado do inverno, o passado sussurra seu bafo podre na nuca e a truculência fascista quer reviver as memórias marcadas em porões obscuros. O ditador das milícias é um padrasto abusivo que explora seus filhos e os expulsa de casa. Desde então, mergulhei na espiral da revolta, dos desejos complexos, dos sentimentos confusos e assim trago no peito a sensação de impotência que não se adequa ao perfil da empresa. O corpo não é máquina, mas a máquina come carne. São cinco da manhã e o relógio me desperta. O frio não é escolha, é o frio que te escolhe. Corta a pele, se aloja nos ossos e minha expressão sisuda reclama por um chuveiro mais quente e calçados macios. A amargura que trago é o medo que sinto; porque, quando encaro a vida nos olhos, ela só me diz: "continua". Aos pés descalços da mendicância, até quando seremos descartáveis no ferro velho dos indigentes?

2018/2020/2021

Lua Cheia

(Parte I)

Na ordem celeste do caos, eu sou um demônio dando conselhos. O veneno da serpente que te espreita cautelosa entre galhos e palavras. Sou Capitu, com os mesmos olhos de cigana nos quais contemplas as sombras da tua alma. Profissão: escritora; meu álter ego, uma prostituta. E a vida é história porque a sinto escorrer em cada palavra que jaz no papel, na tinta e à mesa. Se a letra foi dada, nostalgia é seu nome, seu passado e remanso. Passado insólito, lugar sem nome, memórias seletas que repousam nos rastros que deixamos no tempo; as pessoas que fomos. Eu sinto cada segundo, cada convite, cada batimento gritando no peito "escreva-me, expulsa tua alma", pois a noite não é mais sombria, o eclipse se foi e a lua cheia nos preenche de inspiração e virtudes. Mas também sou poço, sou água, sou fria, então vigia teus passos, pois nas esquinas da mente eu te aguardo furtiva, como esfinge à espera da tua presença. Evita-me ou te devoro, porque a noite é uma criança e a inspiração é desejo fugaz nos olhos da insônia.

(Parte II)

Eu fui chamada de louca e rotulada de cínica, mas o delírio é criado e o meu cinismo é escudo. Nessa selva de pedra minha janela é retrato e, sob o céu estrelado, a coruja observa.

Minha dor é estigma, meu cigarro também. A depressão nos consome e o sono é constante. Quando abortei minhas escolhas, eu não sentia calor e, na pressão do assédio, eu duvidei de mim mesma. Nos labirintos da mente, me perdi frente ao pânico e foi trancada entre 'loucas' que descobri nossa força. Engravidei dos meus medos, mas pari a coragem, porque meus seios pequenos são maiores que a culpa. Eu sou filha de Gaia numa sociedade doente e equilíbrio no caos é firmeza na mente. Sob o descaso dos 'sérios', nos tornamos intrusas; neste país retilíneo, minha ideia é 'obtusa'. O 'nazismo é de esquerda' — assim diz o gado —, mas sou eu que estou louca por buscar coerência. Teologia e ciência, religião e política. Estado deve ser laico, teoria não é dogma. Educação sem debate forma mentes quadradas, proibir e tabu andam de mãos sempre dadas. Quando eu era pequena, brincava na areia. Já não sou mais criança, mas a Terra é um geoide. Quem escreve os teus livros? Quem edita os discursos? Quem formata os parâmetros? Quem monitora suas aulas? Sob o olhar da censura não tem gênero na escola, o pluralismo de ideias virou partido e doutrina. A milícia de corvos está à espreita na esquina, mas meu cabelo é azul e *sidecut* também! Minha munição são palavras, meu testemunho é legado. Vou registrar suas loucuras. Sou uma viajante do tempo.

Brasil

Tarde de outono, uma tempestade se forma no horizonte, e o vento frio dos maus presságios precede tempos de incertezas. Lá fora uma multidão de informais se amontoa em filas que não geram emprego e meu salário faminto, deduzido de insulto e assédio, diz baixinho ao ouvido: "sorria, você está sendo filmada"! O trabalho exaustivo sufoca a inspiração que, perdida entre metas e prazos, se esconde atrás desses meus olhos cansados. O desalento tomou de assalto meus suspiros nessa rotina de explorações e os dias de ontem já são iguais ao de amanhã, enquanto hoje transcorre sufocado pela angústia e desespero. Escrever se tornou refúgio neste mar de condolências que inunda meu rosto e salpica entre meus dedos. A noite cai, há três crianças e uma mãe cansada numa casa escura; o pai não está! O pai nunca esteve! O pai está nas minas, na rua, na colheita do café. Não há pratos na mesa, tampouco roupas de inverno. Mas há fogos no céu, seleção campeã, alegria nos olhos e, no silêncio da madrugada, escutam-se as confissões perplexas dos estômagos vazios. A lua mingua, o sono se esvai, mas a fadiga é contínua e neste peito assolado pela exaustão bate um coração taciturno, que olha para o relógio de areia à espera do fim dos tempos... dos tempos de incertezas! Da tirania do silêncio aos déspotas da ignorância, a ditadura bate à porta em meio à névoa de especulações...

2018

As faces do diabo

  Eram quase vinte e três horas e meus passos se apressavam em direção ao terminal de ônibus; eu estava incrédula. Cruzava as esquinas alheia às fachadas luminosas e ao comércio informal que pipocava a cada sinaleiro, enquanto os carros e seus faróis cortavam a escuridão indiferentes à minha agonia. Não conseguia acreditar que aquela situação havia ocorrido de novo. Logo eu! Tão feminista e atenta! Não parava de revisitar minha postura para tentar entender qual foi a brecha que eu dei para você tomar tal liberdade?! E, por mais que odiasse constatar minha vulnerabilidade e impotência, a brecha era cultural; o precedente era histórico. Como você pode ser repulsivo a ponto de usar seu cargo pra encostar sua boca na minha?! Tentei fingir que havia sido um equívoco, um acidente de percurso, mas lembrei-me das vezes que fui austera e fechada e meu contrato rescindiu. Naquela noite eu mal dormi. Passei madrugadas inteiras calculando maneiras de barrar teu contato, mas você fez de novo e pra cada não que eu te dava você sorria abjeto, numa expressão de dar nojo, ao falar indiferente ao meu asco que eu iria ser sua. Com o passar dos dias, os risos e burburinhos chegavam aos meus olhos e ouvidos e eu me engasguei incontáveis vezes no ódio dos que não me ajudavam e no medo de perder o emprego. Entre os que faziam perguntas sem medir o respeito e sem demonstrar empatia, todos queriam apenas mais um pedaço meu; ninguém se importava. Os votos de decência não cabem no perfil da empresa, é como um sapato apertado que você calça todos os dias apenas para não andar descalça, é acatar assédios diários e dizer obrigada pela oportunidade de engolir meu almoço sem mastigar ou sentir. Como alguém sem saúde bucal foi capaz de beijar sem pedir por licença? Como você — com sua aparência hedionda — pôde trair sua esposa e encostar-se em meu corpo? Quem sem importa? Às vezes me sinto tão miserável que nem o diabo eu encontro às encruzilhadas para ouvir minhas ofertas. Nessa esteira de carne, a grana que eu tenho paga os remédios, mas não cobre as consultas e, no bonde lotado, eu sigo em pé e com traumas, engolindo meu choro. Porque, quando eu sento pra ver a chuva cair na vidraça enquanto prendo os soluços em um nó na garganta, sempre aparece alguém que "precisa do banco" com suas barrigas famintas e pedintes de afeto, esquecidos às margens da vida e dos sonhos, deixados à mingua sem esperança ou repostas! Somos corpos em uma vala; somos carne tabelada. No fim das contas — entre o salário e a fome — o dinheiro que me pagam não compra a dignidade que eu preciso.

Espelho

(Parte I)

O dia passou taciturno, como quem atravessa a madrugada em claro sem descanso no olhar. Era sexta-feira e nas calçadas pessoas sorriam sem pressa, sem preço, sem pressão. O ônibus estava lotado e meu pânico guardava pra mim os dessabores da ansiedade. As dores no peito e a respiração ofegante se dissolviam na maré de rostos cansados a bordo do falcão de prata. O sol se punha e meu coração temia sob tensão, porque engravidei de ilusões olhando para um espelho manchado preso ao teto, minhas pílulas baratas não dissolveram os fantasmas que previam o futuro, e você foi concebido enquanto seu pai sorria confiante e despreocupado dessa vida intermitente.

―

Adquirida em contrato e desposada por um pálido defunto, ela tornou-se figura ilustre: uma dama perante putas escarnecidas! Mas ela, "a senhora de bem" e de incontáveis funcionários, era bela e recatada em um lar infeliz! Abstraiu sua condição submissa, virou o rosto no travesseiro e aceitou que o cadáver (seu marido) ― senhor do engenho de carne ― possuísse sua alma e chocasse dentro dela as riquezas e misérias do latifúndio, a vida e a morte nesta babel de desencontros dos falares e falantes que, mais uma vez, se tornaram uma lenda contada pela boca de uma hippie que fugiu desse sistema para além da pós-modernidade.

(Parte II)

Aqui embaixo, porém, a lei da vida é mais rude. O desemprego te come, a concorrência te suga e a informalidade te empurra ladeira abaixo do desespero. Mais um dia sem esperança nessa década perdida, mais um sonho condenado à morte como um bebê em Auschwitz, mais uma melodia fúnebre composta ao pôr-do-sol. O discurso e o ódio se mesclaram numa balada perversa, os corações desatentos se deixaram levar pela cumplicidade que cega e no meu ventre tu crescias devorando as entranhas.

Eu dei você para a luz, mas as sombras te seduziram. Eu te contei sobre os ovos e, mesmo assim, você matou a galinha. Você pediu pra mamar, mas o meu leite secou. Então, foi à cozinha e não achou a empregada — ela estava estudando, ela tinha um diploma. Você cresceu ressentido e se fascinou com o poder. Eu te amei como filho, mas o teu nome é sem ética e sua língua só tece mentiras e engodo. Você é vazio, um completo frustrado, a solidão é seu trauma e seu desejo é maldade. O seu mito desmonta o futuro e expõe os mais frágeis, fala cuspindo de tradição e família, mas bate em mulher e ostenta fuzil, despreza o amor e não respeita a cultura. Você nasceu de um ventre que poderia abortá-lo, mas seu pai negligente fez nossas leis sem consulta e agora o plenário não escuta minhas vozes.
Eu falo aqui da perifa e falo com maestria vivida. Eu falo no orgasmo que pulsa e goza do seu ego fudido. Eu falo de gente que levanta suspeita e que levanta mais cedo pra mover o país. Eu falo dos corpos que não se enquadram na norma e da norma que restringe o movimento dos corpos. Eu falo dos sonhos que você nunca teve e dos desejos que, eu sei: você reprime aí dentro! Eu sou o rio que se ergue sob o pavimento da ordem.

Eu sou o caos que os teus planos não conterão para sempre. Eu sou a floresta se impondo ao retrocesso da moeda. Eu sou a temperatura que sobe perante tuas negações e flagelos. Eu sou a vida e a morte; A Senhora Sua Mãe. Eu sou o tempo e o espaço, eu sou a regra do jogo e, tal como Calígula, tua queda é destino.

2019 – 2020 – 2021

Diário da quarentena

São nove horas da noite de mais um dia de outono. A quarentena se estende como a intermitência de um rio sem fim nem começo nessa estiagem de abraços, de beijos e chuvas. Eu olho pra lenha queimando entre as chamas e sinto a paz que precede a morte. A senhora do sono ronda hospitais e asilos, se espraia no ar feito ondas na areia e dissolve em soluços a vaidade e as certezas. O respirar consciente tornou-se o presente da vida que se expira nas valas que inspiraram essas linhas. A mentira e a maldade governam o Estado enquanto a necropolítica desfila seu plano de metas: se os pobres morrerem, não haverá desemprego e na eugenia brazuca os corpos desfilam na esteira. Não há respeito à vida e muito menos aos mortos. Nessa colônia dos trópicos somos escravos sem sonhos, nosso futuro é roubado a cada decreto assinado e as vidas aqui valem um dólar ou menos. Quem precisa de idosos com a "previdência quebrada"? Quem cuidará dos doentes se o cuidador morre à míngua? Meu desespero maior foi me sentir impotente, pois minha consciência de classe não põe comida na mesa. Sou professora, sou mestra. Eu posso ler esse mundo, mas não consigo mudá-lo. Sou nada, estéril, estatística. Só tenho palavras que não adicionam cor ao mundo! Minha resistência foi punida com demissão e minha voz sequer arranha as tramas dessa opressão. O telefone toca; é quarentena! Os pelos crescem, o desemprego enlouquece e meus lábios sem batom oferecem minhas preces atrás de uma máscara sem expressão! Seu rap é a rima que pulsa nas esquinas dos sonhos e o recado que conta as histórias que os livros omitem. As estátuas, tão mudas, falam do silêncio opressor e as escolas sem partido, da pedagogia do colonizador. Penso nos monturos e cadáveres que se acumulam aqui desde 1500; é só mais um genocídio! Estou viva, mas meu sorriso se esvai nas linhas descrentes que deslindam os meus sentimentos e pêsames! Nos seringais e nas minas, no plantio e colheita, na monocultura do açúcar que adoçou os seus lábios sinta o gosto e o suor sem salário que preparou seu café. Seu chocolate mais nobre nasceu sob o pé do cacaueiro regado no sangue e adubado com a carne do trabalhador dissidente que renegou o latifúndio.

Minha vida é um ensaio feito em improviso, sorriso arrancado num beijo bem tímido. Sopro de sonhos e angústias longevo, inacabado, breve, sem explicação.... Os mistérios da alma e os segredos da morte parecem fundir-se numa espiral de miragens; como se o tempo não existisse e as perguntas ficassem ali, mudas, no fim da linha sem respostas e sem consolo. Esse rosto que já carregou meu sorriso sincero agora definha num espelho manchado marcado pela ansiedade e medo. Meu coração corroído por dúvidas, meu caminho é incerto! Eu preciso sonhar! Bate o desespero!

Mas foi diante da prova que me preenchi de existência e agora eu entendo o que deixei no caminho. A lua no céu cresce por entre as estrelas e, quando eu olho pra elas, contemplo a solitude e o infinito — me recolhendo do mundo, eu encontrei a mim mesma e descobri que meus medos não eram maiores que a vida. Quando enfrentei meu algoz, descobri suas fraquezas e percebi que ele era só uma sombra vazia. Entendi por que os tolos precisam sempre estar certos e por que a dúvida é o privilégio dos sábios. As prisões mais cruéis foram postas na mente. Mas, se a alma for livre, nada a prenderá para sempre. A arte e a vida fazem amor aqui dentro e só alcancei minha paz quando abracei a mim mesma. É preciso criar e suplantar as doutrinas, pois na falta de ação o fogo se apaga entre brasas. Compaixão e coragem devem andar de mãos dadas, pois quem não teme a morte derrotará o fascismo.

2020

Declaração Universal da Liberdade e Expressão da Vida LGBTQIAP+

Convido a *todes* que aqui já chegaram ao banquete universal de celebração da vida! Convido-lhes a brindarem o encantamento de viver e sentir cada batimento cardíaco pulsando em amor e desejo, a desfrutarem a vida em sua plenitude encantada — aquela plenitude que alcançamos com o mais intenso e vibrante dos orgasmos! Convoco-lhes a sentirem o sangue pulsando em suas veias como o mais legítimo manifesto de direito à vida, a darem vida aos seus sonhos e deles se desapegarem somente quando não forem mais sonhos, pois se tornaram concretos! Eu vos convido a brindarem a si mesmas, pois em você há uma luz e uma força que até você não conhece! Essa força brota nas horas mais delicadas e nos momentos mais difíceis: chama-se desejo de viver; legítima defesa. Essa força é o poder LGBTQIAP+!!! A sua voz agora também é a voz de quem precisou calar! A sua voz é o grito potente de liberdade que irá quebrar as correntes das gerações da nossa comunidade! Porque não somos minorias quando estamos unidas! Nossa força aumenta e cresce com nossa consciência coletiva de comunidade.

E, aos pseudofilósofos do apocalipse, às epistemes da maldade e da colonização do pensamento, nós bradamos mais alto e mais forte que todo seu ódio! Aos que arrotam veneno e vomitam mentiras, eu digo: nós jamais fomos a extinção porque somos orgulho e amor — o maior bem da vida! Jamais fomos aberrações porque somos a natureza em sua diversidade evolutiva! Então se regozije no banquete da vida e deleite-se de amor e virtudes, pois eu lhe convoco para amar a si mesmo... você quer amar livremente.... Gargalhe em prazer e ria com toda sua grandeza! (R) exista, vibre, viva... você merece!

Com carinho!
Stella_Bi

Carta de amor...

    Você chegou de repente e se fez tão gentil, que nem mesmo o tempo conseguiu te apagar. Seu jeito sutil e seu tímido olhar enfeitiçaram minha libido e eu fiquei completamente encantada muito antes do sol nascer. Seu sorriso de malícia e sua doce loucura dominaram meu desejo, e você me fez sua, só sua, inteiramente sua... só por uma noite. E aqui estou eu, madrugada adentro, escrevendo essas linhas para aplacar a saudade que me corrói em silêncio e alimenta o vazio que ficou na minha cama. Eu, que escrevia rancores da vida e lamentos da alma, me pego em flagrante derramando paixão em palavras, ébria, nostálgica e inspirada pelo que eu senti com você.

    Você, que não dorme comigo, que não dorme sozinho, mas que flerta com os meus textos como flertava com minhas aulas, como flertava com meus olhos sentado ali, na primeira carteira, e se fazendo presente, apesar da sua preguiça tão crônica. Você me pegou de surpresa, me pegou na cintura e não me deixou ir embora. Você me cativou de tal forma que me despiu com desejo e, quando eu despedi dos teus lábios, deixei nos seus braços algo que não voltei pra buscar. Eu, que censurei seus afagos intensos e suas mordidas vorazes, não percebi que você deixou outras marcas em mim. Pois, quando deitei com meu noivo, notei com pesar que eu já não era a mesma. Confessei meus pecados, mas amarguei anos longos em culpa. Como perdoar uma traição da qual jamais arrependi? Como me perdoar por ter voltado pra casa quando meu coração desejava viver estações ao seu lado? Hoje eu percebo que traí foi a mim quando me apaixonei por você, mas me rendi a um noivado, pois ainda brindo ao luar num gole seco de vinho escrevendo as cartas do amor que nunca vou te entregar. As lembranças na pele ainda reviram os meus olhos, sua língua lasciva acendeu minha libido, fez serenata ao clitóris; e seus braços tão firmes, segurando minhas coxas enquanto nos amávamos contra a parede, fizeram daquele baseado que fumamos um dos mais belos orgasmos que eu já tive. Experiências assim tornam a vida aprazível, e minha *playlist* romântica canta histórias agora que nem mesmo o mais apaixonado poeta sonharia em seu leito de morte. Eu vivi, eu senti, então eu posso escrever. Obrigada por existir, por tornar minhas linhas mais doces e minha solidão mais serena. Afinal, você também esqueceu algo comigo, você deixou algo aqui dentro que eu guardo e protejo tal como o brilho das estrelas que contemplo fascinada sem nunca poder tocar. Algo que é seu, só seu, inteiramente seu, mas que até hoje você não veio buscar...

Madrugada, 03 de maio de 2020.

Beija-flor do Oriente

(Parte I)

Deleite-se em sonhos; eu realizo desejos.
Você terá o que quer, pois eu atendo pedidos.
Despeje em meu corpo seus impulsos mais íntimos.
A culpa foi sua; há feitiço em seus olhos.
Sua energia inspirou do luar às estrelas
[e o orvalho brilhava quando o sol finalmente nasceu].
O inverno se pôs e a primavera chegou.
Num voo livre eu serei como o vento em suas asas.
Minha flor é só tua; minha seiva também.
Quero abriga-lo em meus braços e dar-te o mel dos meus lábios.
Serei teu ninho de amor — te acolherei em meus seios.
Vou recebê-lo entre pétalas e revelar meu segredo.
Quero banha-lo em meu néctar, em carinho e saliva.
Meu beija-flor do oriente, você é intenso e vibrante.
Eu gosto tanto de ti e meu gostar é suave.
Venha leve e sem medo; eu sussurro doçuras.
Quero preenchê-lo em paixão no calor da euforia
[e queimá-lo em desejo, em malícia e lascívia].

Vou te dar meu amor, porque tenho pra dar
[e te conduzir ao meu Éden, porque prazer também sinto].
Eu te quero tão bem... meu bom velho amigo.
[E meu bem querer é constante; sutil como brisa].
Declarei-me a você porque pretendo encantá-lo, mas prendê-lo em meu bosque arrancaria suas asas.
Então almejo contar-lhe — e apenas contar — quanta beleza desperta sua presença e olhar
[pois ansiava expressar esse ardente desejo que ainda pulsa aqui dentro].
Como na carta de amor que eu nunca entreguei, espero que sinta o coração mais amado,
[porque meu mais puro ímpeto é dar-te um orgasmo amoroso que te preencha em deleite e devolva-lhe a alma].
Quero acender seu sorriso, fazer seu sangue pulsar.
[E quero te dar tudo isso, porque você o merece!].
Eu desejo que tenhas o melhor e o mais lindo; e que esse mundo de lágrimas também te desperte alegria. Você inspira, respira, você existe....
    Vou beijá-lo no clímax; vou jorrar em carinho.
Preenchendo-lhe em amor, você derrama prazer.
A resposta é o tempo e a precisão é a calma
Você descansa em meu peito e eu me entrego segura.
Quero adormecer em teus braços... eu quero acordar nos teus sonhos!

(Parte II)

Que mágica é essa? Seu canto vem de tão longe, mas sua energia está aqui em meu quarto.
Seu coração bate em meu peito e sua voz me excita sob os fones de ouvido.

Sua mensagem de compaixão e mudança cruzou o oceano, atravessou a história e me pegou de surpresa.

Você chegou por completo e meu receio foi embora.

Você sorri meu sorriso e eu me encaro em seus olhos.

Seus dedos percorrem os meus fios de cabelo.

Você segura minha mão e está tudo bem!

Não há temores em nós, pois você me encontrou.

Meu coração se abriu e eu recebo você, pois seus braços robustos me envolvem a cintura com paixão e firmeza.

Seu olhar... aquele mesmo olhar que me prendeu em um flash... agora me paralisa de perto.

Mas eu sei que você me deseja aos cuidados e sob carinho eu posso entregar-me sem medo.

Seu amor pulsa ao acender meu clitóris — eu te beijo com fúria e você me ama com força.

Eu sou tua — só tua — porque assim quero ser!

Meus mamilos vibram ao toque da língua e os pelos da nuca se eriçam também.

Você me deita suave e me beija o pescoço.

Seus braços nos meus removem minha blusa.

E você desce a mão, deslizando em minhas coxas toda saudade que pulsa na ponta dos dedos.

Você me beija com fogo, mas é tão delicado que eu me entrego segura.

Suas mãos me puxam pra perto e você me encara tenaz e latente; minha expressão, todavia, é doce e cativa.

Eu sou a menina dos olhos me entregando aos delírios, enquanto sua língua quente se perde em minhas curvas.

Seu antebraço pujante separou meus joelhos, você deita seu tronco e me cobre em sua pele.

Sinto sua pélvis na minha e sua virilidade pulsante.

Eu te sinto crescendo e mesmo assim não me invades.
Você engole os meus seios, porque conhece o segredo e me domina sem pressa, porque já tem o meu sim.
Então me beija nos olhos ao tocar em meu rosto.
Sua face na minha. Meu coração contra o seu.
Vou te explodir em prazer porque prazer também sinto.
Então você bate à porta e eu te aceito em minha casa.
Você me encara nos olhos porque sabe o meu tempo e obedece ao que eu sinto, pois conhece o que eu gosto.
Você se envolve em meu corpo e não há nada lá fora. As saudades que trouxe se acalentam em meus braços e eu te ofereço ofegante o meu beijo amoroso.
Nos entregamos um ao outro como melodia ao piano, porque o inverno acabou quando eu ouvi sua voz.
Você está em mim e eu estou em você. Não há fim nem começo, são dois corpos em um só; dois corações de mãos dadas.
Você foi bem mais que um sonho — você é o orgasmo que pulsa e me desperta mais jovem.
Eu dormi com você, com sua voz em minha mente, e agora eu desperto como um rio em lençóis.
Minha flor desabrocha tão suave e amorosa e, quando abro a janela, meu coração lança ao vento uma doce pergunta...
Meu beija-flor do oriente, poeta e guerreiro, em que jardim tu repousas hoje dia 09 de outubro de 2020?

Éden

  Não posso ter filhos! Na bagagem da vida só tem esperanças pra mim! O humor melancólico me seduziu com seu canto, e o lamento se tornou melodia nas minhas noites de insônia. O maior dos meus medos é não viver a ilusão que a mídia me vende e aceitar que a minha vida é um vazio esquecido e sem trilha sonora, pois me sinto podada e contida pela ordem que rege os dias e horas. Aqui jaz em remanso um amor que nunca nasceu. Semeado em ilusão, cultivado em carência e colhido na solidão do silêncio dessas madrugadas em quarentena. Aqui nessas linhas minha libido se despe, as saudades amargam e minha lascívia latente se derrama em chão frio, porque a verdade é nocaute e você me ignora. Aqui descansam em linhas mortas a tecelagem das moiras, os destinos humanos e as tragédias amargas, como um capricho dos deuses destilado sem pressa. Aqui se desfaz o abraço não dado, o café que esfriou e as declarações que eu não fiz. Nesse apartamento vazio eu guardo as medalhas, os diplomas e as saudades de quem esteve lá, mas faltou com a presença. Você é fumaça na chuva e nessas cartas eu grito entre a palavra e o sentido, porque minha vida tem sido um ensaio sem propósito. Sinto que a vida é festa, mas eu não tenho o vestido e procuro a coragem no rosto lavado. Eu me apaixonei de repente, mas não fui contemplada. Deixei-me guiar pelos meus devaneios e escrevi cenários inenarráveis que nasceram na minha cabeça, mas que se desfazem aos sons dos sinos da igreja. Sinto tesão por batina, tem uma confusão aqui dentro e minhas lembranças se misturam num *looping* de disforia nostálgica.

Sinto que a vida se passou como um orgasmo sem graça, desses que você tem, mas não alcança! Sinto que a vida é orgia, dessas que o tédio é maior que o tesão; e que passei tempo demais cuidando com zelo de egos trincados, de gente narcisa e sem conteúdo, de homens mimados e fracos demais. Eu sinto muito! Eu me esqueci de mim mesma. Mas, quando escrevo o que eu sinto, a festa é aqui dentro. Sozinha em meu quarto, torno a inspiração em castelo e, quando escancaro as janelas, eu posso ver as estrelas, porque sou registro em papel, obra não publicada, número impresso em um livro empoeirado. A madrugada é eterna, a solitude é silêncio e, num canto remoto da consciência, minha criança brinca feliz e distraída!